Christoph-Maria Liegener

Synchronizität

Ein Roman

Herstellung und Verlag:
BoD – Books on Demand, Norderstedt
Cover-Bild: Shutterstock

ISBN:
9783754331408

Inhalt

Das Kennenlernen

Lara saß auf ihrer Lieblingsbank im Park und dachte:

„Bei so einem schönen Wetter müsste man eigentlich den ganzen Tag hier draußen verbringen!"

Ein junger Mann, der gerade vorbeikam, sah sie freundlich an und sagte:

„Ja, bei so einem schönen Wetter müsste man eigentlich den ganzen Tag hier draußen verbringen."

Völlig verdutzt fragte Lara:

„Haben Sie mich etwa gehört?"

„Nicht ganz. Aber Sie haben so ausgesehen, als ob Sie genau das gerade gedacht hätten", antwortete der junge Mann und meinte dann:

„Hätten Sie etwas dagegen, wenn ich mich einen Augenblick zu Ihnen setze?"

„Nein, bitte sehr", gab sie lächelnd zurück und dachte bei sich:

„Ein netter junger Mann. Ob er noch zu haben ist?"

Der junge Mann setzte sich mit den Worten:

„Mein Name ist Ludger Lohmann und ich wäre noch zu haben."

„Aber ...", stotterte Lara. „Danach hatte ich gar nicht gefragt."

„Ich weiß, aber gedacht haben Sie es und ich stelle es einfach mal in den Raum."

Amüsiert gab Lara zurück:

„Und was haben Sie selbst gedacht? Ich kann leider nicht so gut Gedanken lesen wie Sie."

„Meine Gedanken zu lesen, werden Sie schon noch lernen, wenn wir uns näher kennenlernen", lachte Ludger und fügte hinzu:

„Was ich dachte: In diese hübsche junge Dame könnte ich mich glatt verlieben."

Lara errötete. Während sie sich sonst eher schüchtern verhielt, befand sie sich hier plötzlich mitten in einem Flirt. Das machte ihr einerseits Angst, aber andererseits gefiel es ihr entgegen aller Erwartung auch recht gut. Sie ließ sich darauf ein und, als sie ging, hatten die beiden ihre Kontaktdaten ausgetauscht.

Zwei Monate später waren Lara und Ludger ein Paar, das sich immer wieder auf der Parkbank traf.

Die beiden hatten sich noch oft im Park getroffen, allerdings nur dort und im Geheimen. Das hatte einen Grund. Sie arbeiteten nämlich beide bei zwei konkurrierenden Investmentbanken, deren Mitarbeitern der Kontakt zu Mitarbeitern konkurrierender Häuser streng untersagt war. Entsprechende Verschwiegenheitsklauseln hatten sie in ihren Arbeitsverträgen unterschrieben.

Aber was sollte man gegen den Zufall tun und vor allem, wenn dann noch Liebe im Spiel war. Zwischen Ludger und Lara hatte es damals gefunkt. Sie waren sich auf genau jener Parkbank begegnet, auf der sie auch jetzt wieder saßen. Damals hatten sie nicht ahnen können, dass sie zum jeweils feindlichen Lager gehörten und jeglicher Kontakt zwischen ihnen verboten war. Später hatten sie es dann zwar festgestellt, aber da war es zu spät. Sie waren inzwischen ein Liebespaar.

Was sollten sie anders tun, als ihre Liebe geheim zu halten. Das verband sie nur umso fester miteinander. Sie verglichen sich mit Romeo und Julia, die ihre Liebe auch geheim halten mussten.

Sie scherzten und alberten herum, unterhielten sich aber auch über ernste Themen, so wie jetzt.

„Es ist eine Schande, dass Frauen selbst in unserer westlichen Welt immer noch benachteiligt werden", schimpfte Lara.

Ludger meinte:

„Ja, da liegt noch viel im Argen, aber wir machen Fortschritte."

Da musste Lara widersprechen:

„Das sehe ich kaum. Frauen werden sogar im Film benachteiligt. Es gibt inzwischen auch einen Test, um das nachzuweisen: den Bechdel-Test. Dabei wird unter anderem gefragt, wie viele weibliche Hauptrollen es in dem Film gibt. Wenn es nur eine gibt, gilt der Film als frauenfeindlich. Da haben viele Filme schlecht abgeschnitten."

Ludger grinste und erwiderte:

„Das beruht doch eher auf dem Primadonna-Effekt, der besagt, dass die wichtigste Schauspielerin in einem Film keine anderen weiblichen Hauptdarstellerinnen neben sich duldet. Das mag frauenfeindlich sein, geht aber von den Frauen selbst aus."

Betrübt konstatierte Lara:

„Das ist wohl die Krux mit dem Kampf um die Frauenrechte: Selbst die Frauen verhalten sich nicht solidarisch anderen Frauen gegenüber."

Um sie zu trösten, erklärte Ludger:

„Da fehlt eben der männliche Korpsgeist. Männer verhalten sich solidarisch zueinander – nicht aus Überzeugung, sondern durch Gruppenzwang. Aber tröste dich: Wenn es auch Frauen gibt, die sich frauenfeindlich verhalten, so gibt es ebenso viele Männer, die sich feministisch verhalten – einfach aus ihrem Gerechtigkeitssinn heraus."

„Und gehörst du dazu? Würdest du dich als feministischen Mann bezeichnen?"

„Wenn du damit meinst, ob ich für Frauenrechte eintrete, so lautet die Antwort: ja. Wenn du allerdings wissen willst, ob ich mich gegen die Männer stelle, so muss ich sagen, dass ich für eine Frontenbildung nicht zu haben bin. Alle sollten die gleichen Rechte habe. Eine Differenzierung nach Frauen und Männern sollte es nicht mehr geben."

„Und wer kocht das Essen? Das sind dann doch meistens wieder die Frauen."

Ludger lachte. Die Erwähnung des Essens löste in beiden etwas aus. Sie sahen sich an und sagten gleichzeitig:

„Ich habe Hunger."

Solche gleichzeitigen Aussprüche ergaben sich bei ihnen öfter. Sie lagen eben auf derselben Wellenlänge. Wie sie es in solchen Fällen zu tun pflegten, rief Lara:

„Schiller!"

Und Ludger replizierte:

„Goethe!"

Das hatten sie sich zur Gewohnheit gemacht – in Erinnerung an die beiden großen Dichter, die so oft dasselbe sagten.

Dann gingen sie in einem Restaurant essen. Zahlen musste natürlich der Mann, auch wenn Lara protestierte.

Hochzeitspläne

Ein erster kleiner Schatten fiel auf ihre Beziehung, als Ludger eine Beförderung erhielt und Lara davon erzählte. Lara gratulierte ihm nicht. Und sie erklärte, warum sie das nicht tat:

„Dem Gremium, in das du aufsteigen darfst, gehören nur Männer an. Es hätte sicher auch eine Frau gegeben, die statt deiner dorthin hätte aufsteigen können."

Ludger fiel aus allen Wolken. Überrascht stieß er hervor:

„Was soll das? Gönnst du mir meine Beförderung nicht? Nur wegen der Frauenquote? Es gibt übrigens auch eine Gehaltserhöhung. Bedenke das! Du würdest anders darüber denken, wenn wir verheiratet wären. Dann wäre mein Vorteil auch dein Vorteil gewesen."

„Wenn du das so siehst, dann heirate mich doch!"

„Klar, wann immer du willst."

Damit war das überraschenderweise geklärt. Sie umarmten und küssten sich, verwuschelten sich die Haare und liebkosten sich. Lara hatte Tränen in den Augen. Sie sahen sich in die Augen, wie nur Verliebte es können.

„Davon hatte ich schon lange geträumt", vertraute Lara Ludger an.

„Ich auch", stimmte Ludger ein.

Natürlich freute Lara sich jetzt doch über Ludgers Beförderung. Sie feierten in einem Restaurant. Dann machten sie ihre Hochzeitspläne.

So spontan sie sich entschieden hatten, so spontan wollten sie die Hochzeit im Endeffekt auch durchziehen. Sie beschlossen, nach Las Vegas zu fliegen und dort eine Schnellhochzeit zu absolvieren. Diese würden sie geheim halten und Lara würde ihren Nachnamen nicht ändern. So würden ihre Arbeitgeber nichts merken. Alles andere hatte Zeit.

Sie nahmen also Urlaub und kauften Tickets für den Flug. Treffen wollten sie sich kurz vor Abflug am Flughafen. Das könnte sehr romantisch sein.

Lara saß wie auf Kohlen. Von Natur aus war sie ängstlich und befürchtete, dass etwas schiefgehen könne, zumal alles von einem einzigen Termin abhing. Sie würde Stunden vorher da sein. Aber selbst das genügte ihr nicht. Sie musste vorher noch einmal mit Ludger spreche. Hatte er es wirklich ernst gemeint?

Da sie Ludgers Adresse kannte, wollte sie ihn in der Zwischenzeit noch einmal zu Hause überraschen, da ihre Unsicherheit nach einer nochmaligen Bestätigung verlangte. Als sie sich dem Gebäude näherte, sah sie Ludger davorstehen. Und was tat er? Gerade umarmte er eine hübsche junge Frau!

Augenblicklich zog sich Lara zurück und stürzte in Panik nach Hause. In ihrem

Kopf wirbelten die Gedanken durcheinander und verunsicherten sie. Betrog Ludger sie etwa? War er gar schon gebunden und strebte eine Bigamie an?

Jetzt stieg ihre Spannung vor dem Termin ins Unermessliche – genau wie ihre Unsicherheit.

Endlich war er da, der große Tag. Lara traf überpünktlich ein – Ludger nicht. Würde er tatsächlich kneifen? Er erschien auch nicht verspätet, er kam überhaupt nicht. Laras schlimmste Befürchtungen schienen sich zu bewahrheiten. Hatte sie bisher noch Zweifel gehabt, so fühlte sie sich darin jetzt bestätigt. Ihr labiles Selbstwertgefühl sagte ihr, dass Ludger sie nicht mehr wollte. Sie unterstellte ihm, dass er einen Rückzieher machen wollte und nicht den Mut hatte, es ihr offen zu sagen. Dafür gab es keine Entschuldigung. Ihre Gedanken hatten sich verselbständigt und drifteten ins Negative.

Maßlos enttäuscht und tödlich beleidigt, wie sie war, wollte sie nie wieder etwas von Ludger hören.

Was war wirklich geschehen? Ludger hatte sich ganz planmäßig auf dem Weg zum Flughafen befunden und war dabei in einen schweren Autounfall geraten. Lange hatte er im Krankenhaus gelegen. Als er sich wieder einigermaßen bewegen konnte, hatte er versucht, Lara anzurufen, die aber seine Anrufe nicht entgegennahm.

Ludger schrieb Lara einen Brief, in dem er alles erklärte. Sie öffnete ihn nicht.

Es herrschte Funkstille über Jahre.

Eine Synchronizität

Am fünften Jahrestag ihrer ersten Begegnung im Park zog es Ludger magisch zu jener Stelle, wo sie sich damals begegnet waren. Er hatte noch keine neue Partnerin gefunden. Dieser Platz in seinem Herzen war für immer von Lara besetzt. Er konnte sie nicht vergessen. Den Park, in dem sie sich damals begegnet waren und in dem sie sich später so oft getroffen hatten, hatte er nie wieder aufgesucht. Zu sehr schmerzte ihn die Erinnerung.

Womit er nicht gerechnet hatte: Auch Lara erschien genau zu dieser Zeit an diesem Ort. Auch sie war ungebunden geblieben und auch sie hatte an diesem Tag an Ludger denken müssen.

Als sie sich dort sahen, blieben sie einen Moment wie angewurzelt stehen. Dann trat Ludger auf Lara zu. Das war die Chance, ihr zu erklären, was damals passiert war. Diesmal hörte Lara ihn an. Der Grund war, dass sie zum einen noch von der Überraschung wie betäubt war. Zum anderen erschien ihr dieses unerwartete Zusammentreffen als ein übernatürliches Zeichen.

Carl Gustav Jung bezeichnete das gleichzeitige Auftreten von zwei Ereignissen, die zwar inhaltlich zusammengehören, aber dennoch nicht kausal miteinander verknüpft sind, als Synchronizität. So war es hier: Ludger und Lara kamen unabhängig voneinander zu dieser Stelle im Park. Sie hatten sich nicht verabredet, ja sogar über Jahre nicht miteinander kommuniziert. Nur mental waren sie miteinander verbunden. Die menschliche Psyche neigt dazu, so einem Zusammentreffen einen übernatürlichen Hintergrund zuzuschreiben. Hier hätte man eine telepathische Verbundenheit vermuten können. Wie man so eine Synchronizität interpretiert, bleibt jedoch jedem selbst überlassen.

Lara neigte wohl der Ansicht zu, dass das Schicksal – oder Gott – es gewollt zu haben schien, dass sie sich hier trafen. Dann waren sie füreinander bestimmt. Dann musste Ludger doch eine Entschuldigung für sein damaliges Fernbleiben haben.

Sie ließ ihn reden.

Er erklärte alles und Lara hatte diesmal keinen Anlass, Ludgers wahrheitsgemäße Darstellung der Ereignisse anzuzweifeln. Alles erschien jetzt in einem anderen Licht! Sie bereute, nicht früher auf Ludgers Versuche der Kontaktaufnahme reagiert zu haben.

Zaghaft versuchten sie nun beide, wieder an der Vergangenheit anzuknüpfen. Es gelang ihnen. Tatsächlich hatte sie mehr miteinander verbunden als nur eine Zufallsbekanntschaft. Sie waren sich damals sehr nahegekommen und hatten sich wirklich geliebt.

Umso schöner, jetzt wieder zusammen zu sein. Sie küssten sich und versanken ganz in diesem Kuss. Die Jahre, die vergangen waren, schienen wie weggewischt zu sein. Sie standen wieder an der gleichen Stelle wie damals und wollten einen neuen Versuch wagen zu heiraten. Diesmal wollten sie die Hochzeit aber nicht mehr heimlich durchziehen.

Ihr Vorsatz stand fest: eine öffentliche Hochzeit. Beide brachen sie gleichzeitig in Jubel aus. Diesmal gab es eine Kausalität für ihr gleichzeitiges Verhalten. Es war ganz natürlich. Sie wirbelten glücklich durch den im Frühlingslicht strahlenden Park, nahmen sich an den Händen, ließen sich wieder los, wendeten sich wie Blüten der Sonne zu und lachten laut.

Das Schicksal hatte sie wieder zusammengeführt. Genau das hatte die Synchronizität ihres Zusammentreffens zu bedeuten. Ihrer beider Leben waren nun miteinander verflochten und würden es für immer bleiben. Dazu brauchten sie eigentlich gar keine Hochzeit mehr, aber die Ehe brachte doch gewisse Vorteile, und sei es nur bei der Steuer.

Nun ging es an die praktische Durchführung ihrer Pläne. Zunächst wollten sie sich gegenseitig ihren Familien vorstellen und wagten dies. Welche Überraschung, als

Lara Ludgers Schwester Friederike kennen-
lernte! Sie war die junge Frau, die Ludger
damals umarmt hatte, als Lara ihn besu-
chen wollte. Nun schämte sich Lara für ihre
falschen Verdächtigungen. Erzählen wollte
sie Ludger nichts davon.

Das größte Hindernis kam erst noch:
Wenn sie öffentlich heiraten wollten, mussten sie die Angelegenheit mit ihren Vorgesetzten klären. Also beschlossen sie, ihre
jeweiligen Vorgesetzten miteinander be-
kannt zu machen.

Gemeinsame Arbeit

Sie trafen sich zu viert in einer Gaststätte: Ludger, Lara, Ludgers Chef Herr Kümmelbrot, und Laras Chefin Frau Sommer-Bergheim.

Nachdem sie sich vorgestellt hatten, versuchte Herr Kümmelbrot, das Eis zu brechen, indem er zu Frau Sommer-Bergheim sagte:

„Mein Gott, was müssen Sie einmal für eine schöne Frau gewesen sein!"

Die derart Angesprochene erwiderte:

„Danke. Sie dürften aber früher auch recht stattlich gewesen sein."

Herr Kümmelbrot kam zur Sache:

„Alles klar. Das war immerhin eine nette Art, uns gegenseitig zu sagen, dass wir heute miserabel aussehen. Das ist doch schon mal eine gemeinsame Basis. Also dann an die Arbeit: Wie bekommen wir es gebacken, dass unsere beiden Schützlinge heiraten können, ohne dass sie in einen Gewissenskonflikt geraten?"

„Ich hätte da eine Idee", übernahm Frau Sommer-Bergheim. „Wie wäre es, wenn wir ausnahmsweise ein gemeinsames Projekt durchführen würden und dafür eine gemeinsame Abteilung gründen würden, die von Ludger und Lara geführt wird?"

„Das ließe sich wohl machen", stimmte Herr Kümmelbrot zu. „Die beiden könnten ein Projekt erarbeiten und ich werde unsere juristische Abteilung auf die formalen Aspekte ansetzen."

So geschah es und bald konnten Ludger und Lara offiziell heiraten und zusammenziehen.

Nun arbeiteten sie also zusammen. Ihr Team war zu gleichen Teilen aus beiden Firmen zusammengestellt und war auf Termingeschäfte an der Technologiebörse Nasdaq spezialisiert. Die meisten der jungen Leute waren Singles und lagen nicht so recht auf der Wellenlänge der beiden

Teamleiter, die ja jetzt verheiratet waren. Hinter Ludgers und Laras Rücken mokierten sie sich über deren Verliebtheit. Da bahnte sich wohl der verdrängte Neid seinen Weg. Aber der Erfolg des Teams ließ auf die Dauer keinen Raum für Kritik.

Abends sprachen Ludger und Lara meistens noch einmal über die wichtigsten Entwicklungen des Tages.

Eines Tages war die Aktie von Alphabet heftig abgestürzt. Das konnte schon mal vorkommen. Ludger und Lara hatten einen Schreck bekommen. Das hatten sie in diesem Fall nicht kommen sehen. Als sie es gemeinsam resümierten, sagten sie gleichzeitig:

„Langfristig ist die Aktie aber ein Kauf."

Darauf rief Ludger:

„Schiller!"

Und Lara gab zurück:

„Goethe!"

„Dann sollten wir auch privat in die Schwäche hinein kaufen", schlug Ludger vor. „Was meinst du?"

Lara war begeistert:

„Klar, das machen wir."

Sie kauften also eine ansehnliche Zahl von weit im Geld stehenden Optionsscheinen auf Alphabet mit unbegrenzter Laufzeit und legten sie zur Seite. Im Lauf der Jahre gewannen die Scheine aufgrund des immer noch ansehnlichen Hebels erheblich an Wert hinzu. Nicht so viel, dass Ludger und Lara sich damit zur Ruhe hätten setzen können, aber immerhin genügte es für ein dickes Polster im Ruhestand.

Nicht nur in diesem Fall lief es bestens. Ihre Spekulationen gingen in den meisten Fällen auf. Oft staunten sie selbst, dass sie mit ihrer Intuition so gut lagen. Spielte gar auch hier eine Synchronizität eine Rolle? Sie kauften einen Wert und fast gleichzeitig begann er zu steigen. Sie verkauften einen Wert und fast gleichzeitig begann er zu fallen. Konnte das Zufall sein oder hatte das Schicksal sie auserwählt? Besaßen sie einen sechsten Sinn für den Markt? Konnten sie die kleinen Zeichen früher erkennen als andere? Half ihnen ihre Zusammenarbeit dabei? Man sagt ja, die kollektive Intelligenz eines Teams sei treffsicherer als die individuelle der Mitglieder des Teams.

In ihrer Abteilung galten die beiden inzwischen als Gurus. Man munkelte von übernatürlichen Fähigkeiten. Wahrscheinlich war es in Wirklichkeit nur Psychologie. Wer etwas Unwahrscheinliches erklären will, sucht eine Kausalität, wo es keine gibt. Der Zufall ist nicht zu unterschätzen. Es gibt ihn. Dabei müssen es nicht unbedingt zwei physikalische Ereignisse sein, die zeitlich aufeinandertreffen. Es kann auch ein physikalisches Ereignis und ein Gedanke sein, der zufällig gerade angebahnt wurde, möglicherweise sogar zwei Gedanken von zwei Personen, die gleichzeitig gedacht werden. Gerade in solchen Fällen glaubt man oft an übernatürliche Wirkung oder Telepathie.

Immerhin gelang es Ludger und Lara, ihre Glückssträhnen frühzeitig zu erkennen und zu nutzen, indem sie einen Chart ihrer Performance erstellten und in günstigen Phasen mehr investierten als in ungünstigen. Mit ihrer Chartanalyse beeinflussten sie umgekehrt wieder diesen Chart, ähnlich wie man durch Autosuggestion in der Medizin den eigenen Blutdruck beeinflussen kann. So in etwa muss Heisenberg die physikalische Messung im atomaren Bereich gesehen haben. Und wie dort spielte auch hier die statistische Unsicherheit eine große Rolle.

Dubai

Der Erfolg war jedenfalls da und sie genossen ihn. Aber leider: So sehr sie die Arbeit mit den Wertpapieren mochten, sie mussten auch anderes erledigen. Die Abteilung musste geleitet werden, wodurch Verwaltungsarbeiten anfielen. Internationale Kontakte mussten gepflegt werden, wozu es notwendig war, dass sie abwechselnd zu verschiedenen internationalen Konferenzen fuhren.

Diesmal war Ludger dran. Er musste nach Dubai zu einer Investorenkonferenz. Zum Abschied schenkte er Lara ein Amulett mit einem rosaroten Turmalin. Der Stein sollte Lara in seiner Abwesenheit beschützen. Lara hielt das für esoterischen Hokuspokus, nahm den Stein aber an, um Ludger ein gutes Gefühl zu geben. Dann flog Ludger ab. Regelmäßig telefonierte er von unterwegs mit Lara.

Zwischen den Sitzungen und Vorträgen in Dubai sprach er mit anderen Teilnehmern oder sah sich die Umgebung an. Als er die Außenterrasse im 148. Stock des Burj Khalifa besuchte, traf er unerwartet auf Mitarbeiter einer weiteren konkurrierenden Firma. Mit dieser Firma hatte Ludger massiven Ärger, da er ihre Transaktionen beobachtet hatte und ihnen gegenüber angedeutet hatte, dass er ihnen Insiderhandel nachweisen könne. Also galt er als unliebsamer Zeuge. Sie hatten ein dringendes Interesse daran, ihn zu beseitigen. Die Terrasse war gerade leer und Ludger fragte sich, ob dieses Zusammentreffen ohne Zeugen zufällig war. Seine Kontrahenten umkreisten ihn, brachen einen Streit vom Zaun und drängten ihn in eine Ecke. Ludger ahnte, was kommen würde und so geschah es. Es gelang den Schurken, die Absperrung am Rand der Terrasse zu durchbrechen und sie stürzten Ludger gewaltsam in die Tiefe. Ein Mordanschlag!

„Lara!", schrie Ludger verzweifelt, während er fiel.

Lara, die sich zu Hause befand, glaubte Ludgers Schrei zu hören. Wiederum eine Synchronizität. Das Erlebnis war so intensiv, dass Lara sich setzen musste. Ludger schien in großer Gefahr zu sein. Ihr Innerstes krampfte sich zusammen. Sie spannte alle Muskeln an, um Ludger zu helfen.

In diesem Moment hatte Ludger seine Endgeschwindigkeit erreicht und sein Fall beschleunigte sich nicht weiter. Der Luftwiderstand bremste ihn. Er breitete die Arme aus und sein Fall verlangsamte sich. Noch ein Stück fiel er mit konstanter Geschwindigkeit, bis er auf das Dach eines vorbeifahrenden Autos krachte, das wie ein Kissen wirkte. Er verletzte sich schwer, aber überlebte den Sturz. Fast ein Wunder! Hatten Laras Gedanken ihn gerettet? Er dachte an sie und sie dachte an ihn.

So schnell sie konnte, kam Lara nach Dubai und besuchte Ludger am Krankenbett. Dankbar erzählte er ihr, dass er das Gefühl gehabt hatte, dass ihre Gedanken ihn gerettet hätten. Sie bestätigte, dass sich ihre Gedanken in dem Moment gekreuzt haben mussten und dass sie tatsächlich intuitiv versucht hätte, ihm zu helfen, dass dies aber in Wirklichkeit unmöglich gewesen sei.

„Wenn ich gekonnt hätte, wäre ich dir zu Hilfe geeilt", meinte sie lächelnd. „Ich will dich doch noch eine Weile um mich haben."

„Und ich will gern in deiner Nähe bleiben", ergänzte Ludger.

Dann erzählte sie Ludger, dass der Turmalin, den er ihr geschenkt hatte, im Augenblick des imaginären Schreies zerbrochen war. Ludger hatte eine Erklärung:

„Wahrscheinlich hättest du auch ein Unglück erleiden müssen wie ich. Wieder einmal so eine Synchronizität. Der Stein hat dich geschützt. Dadurch, dass er die negative Energie absorbiert hat, ist er zersprungen. Ich bin froh, dass du ihn getragen hast."

Lara glaubte nicht so recht daran, freute sich aber, dass Ludger mit der Situation zufrieden war.

Ludger wurde wiederhergestellt und konnte nach einiger Zeit entlassen werden. Zur Gerichtsverhandlung gegen die Täter konnte er persönlich erscheinen.

Die Übeltäter wurden bestraft.

Nachdem Ludger nunmehr auskuriert war und sie sich noch in Dubai befanden, unternahmen sie gemeinsam eine Wüstensafari. Aber nicht nur einen kleinen Ausflug, sondern eine richtige Exkursion tief in die Wüste. Nach ein paar Tagen meckerte Ludger:

„Hier ändert sich überhaupt nichts mehr. Tag für Tag dasselbe. Ich finde es extrem langweilig."

„Wünsch dir lieber kein Abenteuer", entgegnete Lara. „In der Wüste könnte das recht gefährlich werden."

„Apropos Gefahr: Ich habe das merkwürdige Gefühl, dass wir uns tatsächlich in akuter Gefahr befinden", bemerkte Ludger beunruhigt.

„Jetzt, wo du es sagst, kann ich das nur bestätigen", stimmte Lara zu. „Auch ich fühle das. Lass uns von hier verschwinden, aber auf einem anderen Weg als geplant!"

„Einverstanden!", meinte Ludger. „Am besten begeben wir uns einfach gleich auf die Rückfahrt."

Darauf einigten sie sich und gaben dem Fahrer entsprechende Anweisungen. Sie drehten um.

Kaum waren sie ein paar Kilometer gefahren, hörten sie hinter sich einen ohrenbetäubenden Knall und sahen eine Rauchwolke von der Stelle aufsteigen, wo sie sich gerade noch befunden hatten.

Sie machten, dass sie davonkamen. Später erfuhren sie, dass genau an der Stelle, wo sie die Gefahr gespürt hatten, ein russischer Satellit heruntergekommen war. Hätten sie noch länger dort verweilt, hätte er sie getroffen. Der Aufprall war so heftig, dass sie auch noch in der näheren Umgebung getötet worden wären.

Ihre Intuition hatte sie gerettet.

Keiner konnte sagen, wie es zu dieser Intuition gekommen war. Lara neigte der Ansicht zu, dass jeder solche Eingebungen hätte, und dass es nur darauf ankäme, auf sie zu hören. Ludger widersprach:

„Wenn man auf jede Merkwürdigkeit so reagieren würde, als hinge das Leben davon ab, wäre es nur noch ein kleiner Schritt zum Aberglauben."

„Nun tu nicht so!", erwiderte Lara. „Du hast es doch auch gespürt. Es war ein reales Gefühl."

„Ja, das gebe ich zu", räumte Ludger ein. „Und ich verstehe es nicht. Aber Tatsache ist auch, dass unsere Eingebung erst dadurch signifikant wurde, dass wir beide sie hatten. Das verlieh ihr eine gewisse Objektivität."

Lara stimmte zu:

„Ja, gemeinsam sind wir unschlagbar."

„Nun, unschlagbar wohl nicht", relativierte Ludger. „Aber immerhin sehr effizient."

Lara neckte ihn:

„Dann solltest du vielleicht öfter als bisher auf mich hören."

„Das würde ich tun, wenn du immer das sagen würdest, was ich denke", gab Ludger zurück.

Alltag

Der Alltag kehrte wieder ein. Ludger und Lara fuhren jeden Tag separat mit ihren Autos zur Arbeit, da sie aufgrund ihrer Arbeitsteilung nicht immer gleichzeitig anfangen mussten. Eines Tages wurde auf Ludgers Weg wegen einer Baustelle die Vorfahrt an einer Kreuzung geändert. Er fuhr die Strecke jeden Morgen wie im Traum und bemerkte die Änderung nicht. Dadurch nahm er unabsichtlich einem schwarzen SUV die Vorfahrt. Das kann ja mal passieren, gerade in so einer Situation. Ludger hatte es nicht einmal registriert und fuhr seelenruhig weiter.

Erst als der SUV wütend hupend hinter ihm her raste, merkte er, dass etwas nicht stimmte. Was war los? Was wollte der Kerl? Er beschloss, sich nicht weiter darum zu kümmern. Aber nichts da! Der SUV scherte aus, überholte ihn und schnitt ihm den Weg ab. Ludger musste anhalten.

Der Fahrer des anderen Wagens stieg aus, stürmte an seine Fahrerseite und beschimpfte ihn aufs Übelste. Nur mühsam bekam Ludger heraus, was er eigentlich wollte. Da er von der Vorfahrtänderung nichts mitbekommen hatte, konnte er kaum glauben, was der andere ihm vorwarf.

Er meinte nur beruhigend:

„Das weiß ich nicht so genau. Aber nehmen wir an, dass es so ist, wie Sie sagen. Dann tut es mir leid. Soweit ich sehen kann, ist nichts passiert. Das ist doch gut. Lassen wir es dabei bewenden!"

Da hatte er leider Pech. Der andere schien ein Choleriker zu sein, lief rot an und schrie:

„Was heißt hier: ‚Nehmen wir an'? Es ist so, wie ich sage. Und Sie haben mir die Vorfahrt genommen. Damit haben Sie meine Rechte verletzt. Das lasse ich mir nicht gefallen. Mit einer halbherzigen Entschuldigung kommen Sie mir hier nicht davon! Ich will eine Wiedergutmachung!"

„Und wie stellen Sie sich das vor?", replizierte Ludger kopfschüttelnd und fügte scherzhaft hinzu: „Sollen wir uns etwa duellieren?"

Der andere dachte einen Augenblick nach und fauchte dann:

„Okay: also ein Duell. Steigen Sie aus!"

Mit diesen Worten zog er ein riesiges Messer aus seinem Gürtel und stellte sich kampfbereit auf.

„So ein Irrer!", dachte Ludger, fuhr das Fenster hoch und verriegelte die Türen.

Der Irre rannte zu seinem Wagen, setzte zurück und fuhr Ludgers Auto mit voller Wucht in die Seite. Dann schickte er sich an, das Manöver zu wiederholen.

Ludger rief mit zitternden Fingern die Polizei auf dem Handy an und hoffte, dass er durchhalten würde, bis sie da wären.

In diesem Moment hatte auch Lara am anderen Ende der Stadt einen Unfall. Sie war gerade losgefahren, hatte ein Rotlicht übersehen und stieß mit einem anderen Fahrzeug zusammen. Es war nicht so schlimm. Nur ein Blechschaden. Und trotzdem: Auch hier handelte es sich um eine Synchronizität.

Beide Situationen klärten sich auf, als jeweils die Polizei kam, und als Ludger und Lara schließlich miteinander telefonieren konnten, erkannten sie den unglaublichen Zufall.

„Fahr bloß in Zukunft vorsichtig!", ermahnte Lara ihren Mann. „Bedenke, dass auch ich jedes Mal einen Unfall haben werde, wenn du einen hast!"

„Alles klar", beruhigte Ludger sie. „Ich habe selbst ein gewisses Interesse daran, Unfälle zu vermeiden."

Die nächste Schwierigkeit im Leben der beiden trat auf, als Laras Mutter zum Pflegefall wurde. Laras Vater und Ludgers Eltern waren schon verstorben. Das Problem bestand darin, dass Laras Mutter einer Pflege rund um die Uhr bedurfte, die Lara nicht leisten konnte, da sie berufsmäßig voll eingespannt war. Sie hatte bisher zusammen mit Ludger eine Haushälterin für die Mutter angestellt, die ihr das tägliche

Leben erleichterte, aber mit einer vollständigen Pflege überfordert wäre.

Es blieb nichts anderes übrig, als die Mutter in ein Pflegeheim zu geben. Lara hatte ein schlechtes Gewissen deswegen. Hätte sie nicht ihren Beruf für ihre Mutter aufgeben müssen? Andererseits hatte sie gehört, dass Angehörige, die versucht hatten, ihre Eltern rund um die Uhr zu pflegen, nach einiger Zeit zusammengebrochen waren. Das schaffte kaum einer. Hinzu kam, dass die Mutter dement wurde.

Lange musste sich die Mutter nicht quälen. Sie wurde gut versorgt und bekam kaum noch etwas mit. Lara und Ludger besuchten sie regelmäßig.

Die Frage nach eigenen Kindern hatten Ludger und Lara sich nur einmal vorübergehend gestellt. Sie hätten Kinder in ihrer beruflichen Situation nicht selbst aufziehen können. Und sie zur Betreuung dauernd wegzugeben, entsprach nicht dem Sinn der Sache. Hinzu kam, dass sie die Gewissensbelastung, der sie beim Sterben der Mutter ausgesetzt waren, ihren Kindern, wenn sie welche hätten, nicht zumuten wollten, wenn sie selbst älter würden. Sie entschieden sich gemeinsam dagegen, Kinder zu bekommen.

Geistige Verbundenheit

Die geistige Verbundenheit von Lara und Ludger blieb bestehen.

Wenn zum Beispiel Lara ihrem Mann andeutete, dass er ihr doch mal wieder Blumen mitbringen könne, tat er dies tatsächlich. Aber nicht erst am nächsten Tag – er hatte sie schon jetzt dabei und hinter dem Rücken versteckt. Lara wusste nichts davon und er hatte vorher nicht gewusst, dass Lara danach fragen würde. Eine Synchronizität.

„Das wäre doch nicht nötig gewesen", behauptete Lara dann. Und Ludger meinte:

„Doch, und ich hatte es gespürt."

Lara kicherte. Einen Augenblick später kratzte sie Ludger zwischen den Schulterblättern. Dies war eine Stelle, an die er selbst nicht hinkam.

„Danke sehr", sagte Ludger. „Woher wusstest du, dass es mich da gejuckt hatte?"

„Du hattest diesen typischen Gesichtsausdruck von ‚Mist, es juckt mich und ich komme nicht ran'. Außerdem hast du die Schultern zusammengezogen, als ob du die Stelle zusammenquetschen wolltest."

„Na sowas! Und ich dachte schon, du hättest telepathische Fähigkeiten."

„Was dich betrifft, so bin ich schon ziemlich nah dran. Das hattest du mir ja früher mal versprochen. Ich kann oft erraten, was du gerade denkst."

Ludger musste ihr Recht geben.

Ihr Gespür erstreckte sich nicht nur auf ihre gegenseitigen Befindlichkeiten, sondern ganz allgemein auf die jeweilige Situation der Alltagswelt. Fast immer konnten sie den Ausgang von Wahlen treffsicher vorhersagen. Derartige Fähigkeiten brauchten sie allerdings auch, wenn sie die Bewegungen der Börse vorhersehen wollten.

Lara sinnierte: „Sag mal, Ludger: Wie ist das? Wir liegen mit unseren Einschätzungen der Welt doch meistens richtig. Heißt das nicht auch, dass ich mit meinem Glauben an Gott richtig liege?"

Ludger überlegte:

„So spezifisch sind unsere Prognosen nicht. Ich zum Beispiel sehe das so, dass unser Leben Teil von etwas größerem Guten ist. Das deckt sich gewissermaßen mit deinem Glauben, aber ich bleibe doch eher unspezifisch. Pauschal genommen sind wir uns jedoch in unserem Vertrauen auf eine gute Zukunft wohl einig. Diese Einigkeit spricht für einen gewissen Wahrheitsgehalt unserer Prognose."

Laura schien damit zufrieden zu sein:

„So allgemein formuliert könnte ich deiner Aussage zustimmen."

„Dann hätten wir allen Grund, dafür dankbar zu sein", resümierte Ludger.

„Das bin ich auch", bekräftigte Lara.

Sie verstanden sich.

Wie oft geschah es, dass er morgens im Büro den Computer anschaltete und an sie dachte! Wenn sie dann nicht im gleichen Büro war, schickte er ihr eine E-Mail mit dem Inhalt:

„Vermisse dich!"

Kaum hatte er sie abgeschickt, fand er in seinem Ordner eine Nachricht von ihr mit dem gleichen Wortlaut. Sie musste sie gleichzeitig abgeschickt haben.

Sie hatten zur gleichen Zeit das Gleiche geschrieben. Sofort schickte er ihr noch eine Mail:

„Schiller."

Und sie antwortete:

„Goethe."

Dann gab es allerdings auch diese Tage, wo die Arbeit gar nicht richtig vonstattengehen wollte. In solchen Momenten besuchte Ludger Lara in ihrem Büro und gab ihr einen Kuss. Das war alles. Schon flutschte der Laden wieder wie geschmiert.

So nahm ihr Leben seinen Lauf und sie waren zufrieden damit. Füllte es sie ganz aus? Nicht ganz. Lara glaubte, mehr für ihren Glauben tun zu müssen. Dieses Gefühl wuchs in ihr im Lauf der der Zeit.

Im fortgeschrittenen Alter fand sie, dass sie den Jakobsweg gehen sollte, eine Pilgerreise nach Santiago de Compostela unternehmen. Ihr Glaube riet ihr dazu. Also begaben sie sich gemeinsam auf den Jakobsweg. Lara hatte Ludger dazu überredet. Sie, die aus religiösen Gründen die Pilgerfahrt unternehmen wollte, hatte ihm die Sache mit dem Hinweis auf einen spirituellen Gewinn schmackhaft gemacht.

Der Weg erwies sich als strapaziös, aber sie hielten tapfer durch. In den Pyrenäen gelangten sie an eine kleine halbverfallene Kapelle, die etwas abseits des Weges lag. Lara wollte dort beten, während Ludger lieber am Wegesrand wartete.

Sie trat ein. Die Kapelle hatte etwas Berührendes. Ein Ort der Besinnung. Lara kniete sich vor den Altar und betete inbrünstig. Es ging ihr um die Verehrung Gottes, der ihr dieses wunderbare Leben geschenkt hatte und es ihr zum geeigneten Zeitpunkt wieder nehmen würde. Auch um Buße ging es, um Buße für die Sünden, die sie im Lauf ihres Lebens begangen hatte. Viel hatte sie nicht falsch gemacht in ihrem Leben, aber das wenige schien ihr unerträglich angesichts der göttlichen Gnade, die sie hier spürte. Sie erkannte diese Gnade und fühlte sich trotzdem schlecht. Tatsächlich glaubte sie, sich der Gnade nicht als würdig erwiesen zu haben. Ihr ganzes Leben ließ sie im Geiste ablaufen. Immer hatte sie alles gut machen wollen und doch war sie an ihren eigenen hohen Ansprüchen gescheitert. Das empfand sie als Schuld. Sie hatte vieles nicht in der Weise getan, dass sie mit sich selbst zufrieden gewesen wäre. Oft war ihr das erst hinterher aufgefallen. Hatte sie sich genug um ihre alte Mutter gekümmert? Warum hatte sie keine Kinder in die Welt gesetzt? Biologisch gesehen stellte doch die Fortpflanzung den Sinn des Lebens dar. Spirituell gesehen natürlich nicht. Da konnte man nicht einen für alle verbindlichen Sinn festlegen. Jeder musste ihn für sich selbst finden – im Lauf seines Lebens. Sie glaubte, ihren darin gefunden zu haben, dass sie versuchte, immer das Richtige zu tun. Dabei hatte sich ein Profil des idealen Lebens für sie herauskristallisiert, das sie sich zum Vorbild nahm. Man lernt erst durch das Leben, richtig zu leben. Learning by doing. Bei diesem Vorgehen macht man naturgemäß Fehler, für die man nichts kann, die Lara aber dennoch bereute. Im Nachhinein konnte sie sich nicht verzeihen, nicht das Optimum aus ihrem Leben herausgeholt zu haben. Es ist wohl eine menschliche Marotte, die eigenen Fehler als schwerwiegender einzuschätzen, als sie in Wirklichkeit sind. So erging es Lara nun in dieser Kapelle.

Tränen liefen ihr übers Gesicht. Sie fürchtete, an ihrem Versagen verzweifeln zu müssen. Aber in dieser tiefsten Verzweiflung glaubte sie plötzlich, Gottes Vergebung zu spüren. Mit aller Macht stürzte diese Vergebung auf sie ein und erlöste sie aus ihrem Leid. Sie glaubte zu erfahren, dass Gott ihr Bemühen um das Gute höherstellte als ihr Versagen. Es war, als ob der Himmel sich auftun würde, um sie aufzunehmen. Sie schlug die Arme vor die Brust und öffnete sich der Gnade, die über sie kam. Alles um sie herum verschwand in einer einzigen heiligen Wolke.

Später konnte keiner sagen, wie es hatte geschehen können, dass die baufällige kleine Kapelle just in diesem Augenblick eingestürzt war und Lara unter sich begraben hatte. Lara war sofort tot und hatte nicht leiden müssen. Gott hatte sie gnädig zu sich genommen.

Als Lara ihren letzten Atemzug tat, setzte auch Ludgers Herzschlag aus. Die Ärzte diagnostizierten später einen Hirnschlag, der ihn auf der Stelle getötet hatte. Gab es einen kausalen Zusammenhang mit Laras Tod? Wohl kaum. Ludger hatte gar nicht mehr mitbekommen, was seiner Frau zugestoßen war. Er war wie gesagt genau in diesem Moment gestorben. Bis zu seinem Tod konnte er keine Ahnung vom Schicksal seiner Frau haben. Demnach konnte es keine Kausalität zwischen den Todesfällen der beiden Ehepartner geben. Eine letzte Synchronizität im Leben der beiden.

Auch Ludger war gegangen, gleichzeitig mit seiner Frau. Sie hatten beide den gleichen Weg eingeschlagen. Und sie würden wohl auch weiterhin in irgendeiner Weise zusammenbleiben.

Epilog

Nachdem ich dieses Büchlein geschrieben hatte, bat ich meine Frau, es probezulesen. Sie kannte zu diesem Zeitpunkt weder Titel noch Inhalt und versprach, es am übernächsten Tag zu lesen, da sie am nächsten Tag einen Ausflug mit einer Freundin machen wollte. Als sie von diesem Ausflug zurückkam, erzählte sie mir von einer eindrucksvollen kleinen Kirche am Jakobsweg, die sie mit ihrer Freundin zufällig entdeckt und besichtigt hätte, obwohl vom Jakobsweg vorher nicht die Rede gewesen war. Sie hatten den Jakobsweg rein zufällig gekreuzt. Ich musste staunen. So ein Zufall! Sie kannte das Buch noch nicht, wusste nichts von der wichtigen Rolle der Kapelle am Jakobsweg! Also gab es keine Kausalität. Auch hier lag demnach eine Synchronizität vor. Es gibt sie öfter, als man denkt.

Der Autor